# 슬프게도 이게 내 인생 02

SEUL
글그림

DAUM WEBTOON × 더오리진

# CONTENTS

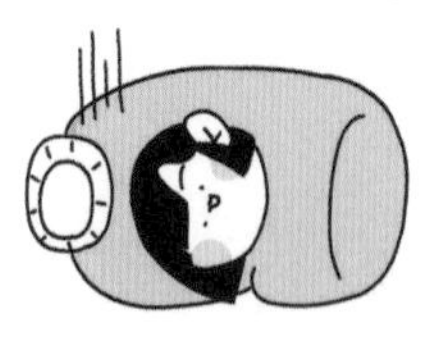

토닥

# 010

## 나의 취직 블록버스터(1)

그렇게 다시 시작된 취준 라이프…!
과연 이번엔 취직을 순조롭게 할 수 있을까!

환장
에


블랙 기업을
한번 다녀보니 전보다
회사를 보는
눈이 달라졌다.

취직만 하게
해주십시오!!!
전

연봉 얼마지, 야근 빈도는?
위치는 어디쯤?
점심 식대 지원은?
복지는 뭐가 있나
작업 퀄리티는?
성장 가능성?
후

한번 호되게 혼나고 정신 차림

예전과 다르게 조급해하지 말고
신중하게 적당한 회사를
찾아보려고 했지만

광고는 안 돼 광고 회사는 안 돼 영상은
이제 안 돼 더 렌더링은 할 수 없어
그것만은 안 돼 내 인생에 광고는
이제 없어 광고는 고통 곧 죽음
J플래닛

트라우마 수준

괜찮은 곳은
경력만 뽑고

힝
경력 3년
디자이너
이력서


가고 싶은 곳은
오를 언덕이
아니며

샤방
샤방
저기 가려면
20년은 이르다


**난 나의 주제를 잘 안다**

만만한 곳은
신입만 뽑는 게
그거대로 무서웠다.

값싼 노동력만
뽑아서 굴리다
버리는 건가?
신입 항시
채용
이력서

노동력 착취 없고
좋은 작업물에, 월급도 후려치지 않고
동시에 신입을 뽑는
그런 꿈같은 회사…
GOOD
OUTPUT

…는 날
안 뽑지ㅎ…
현
타

**이렇게 취직이 어렵다**

난 평소
어떤 비싼 걸 사거나
큰 결정을 내리기 위해
정보를 수집할 때는

할인
EVENT
어질
쿠폰적용
엄청할인
초특가
어질
ㅇㅇㅇ…

이것저것 꼼꼼하게
비교도 못할 뿐더러
그런 것에 체력과
정신력과 시간을
쓰는 것을
싫어하기 때문에

오늘의 안건
노트북 어디서 사지?
쿠폰 쓰면
싸다잖아
얘들아…
더 좋은 방법이
있을 거야!
쿠폰은
어디서 얻는데
여긴 어때?
히히

모두 집중!!
여기서 사자구!!
노트북 어디서 사지?
왜?
왜?
왜?
으엥

 슬프게도 이게 내 인생

나중엔 지쳐서
대충 결정을 하고 마는데
광고가 뭔가
블-루 한 게
맘에 든다
현금특가
파란색 조와

**전혀 납득할 수 없는 이유**

취직도 같은
플로우를 타버리게 되었다.

모르겠따!!!!
아무 데나 되라!!!!!

슉

슉

슉

**결국 처음 취준 때와 달라진 게 별로 없다**

그렇게 신중히(?) 이력서를 뿌린 결과
연락을 해온 곳은 두 곳으로

A
VS
B
A회사
B회사


A는 디자인 회사로
배울 게 많아
경력을 쌓아 다음
이직이 쉬워 보였고

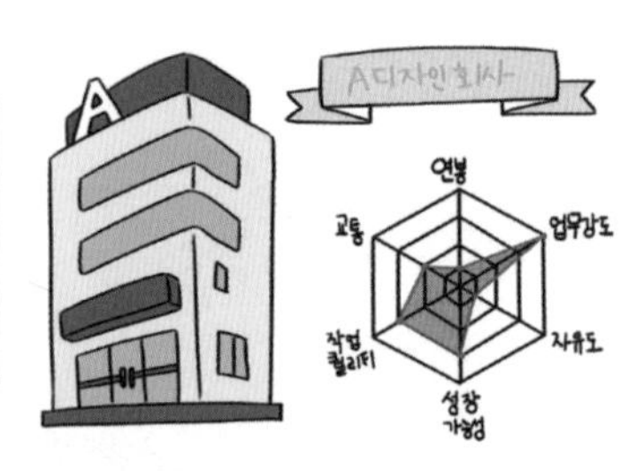

A
A디자인회사
연봉
업무강도
자유도
성장 가능성
작업 퀄리티
교통


B는 디자인 회사는
아니지만
스타트업으로
자유로울 것 같은
이미지가 있었다.

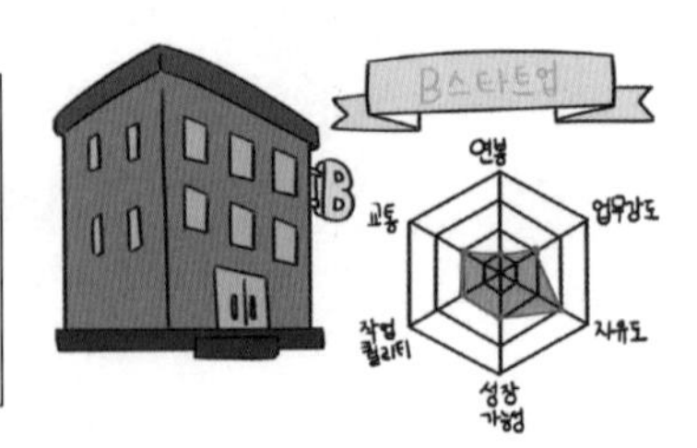

B
B스타트업
연봉
업무강도
자유도
성장 가능성
작업 퀄리티
교통

두 곳 다 준비하고 면접을 보러 갔는데

*1권, 118페이지 참고
북박
빡
으 면접이 제일 싫어
그때 이후로 면접만
보러 가면 응가 마려워

A는 다대일 면접이라
엄청 당황스러웠다.

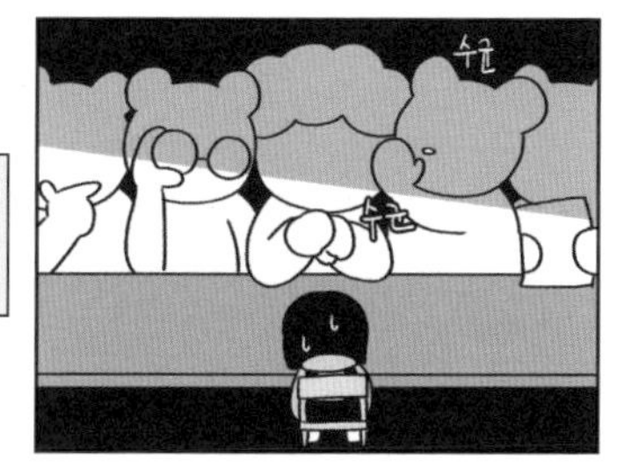
수군
수군

과분한 관심에 몸 둘 바를 모르겠다

그리고 면접관 한 명이
무서운 인상에 개성 있는
머리를 하고 있었는데

굉장한
아프로…!

압도적인 비주얼

면접 내내
신경이 쓰여서

이 작업은
무슨 의도로
하신 거죠?

망친 것 같았다.

어… 그게….
머리는 어쩌다
그렇게 되신 거죠?

**오히려 내가 묻고 싶다**

B는 일대일
면접이었는데

대표
하하
기다리셨죠
아! 안녕하세요!

감자
버터
홍런
바나
스낵세트
쾅!
?!

하하
먹으면서 해
먹으면서
와작
대표
와작
자유로움이
과한 거 아녀?
스낵세트

갑자기 분위기 과자 파티

이거 먹을래?
맛있다구
됐습니다.
대표
스낵세트

먹던 거 주지 마

보통 면접은 면접관이
내 포폴을 보고 질문을 하면
내가 답하는 형식이었는데

Q?
A!

이 사람은 주야장천
본인 이야기만 했다.
아 내가 이 회사를 말이야~
작년엔! 무려 이런 곳에서
투자를 한 회사야~
아네~
어쩌라고.

무려 두 시간을…
봐봐 이번에
만들고 있는 앱인데
어떤 거 같아??
굉장하지?
대표
울대 쳐버릴라
진짜
집에 보내줘 이제

결론적으로
둘 다 망한 느낌이라
대표
그 사람들은
대체….

**의문만 남은 면접**

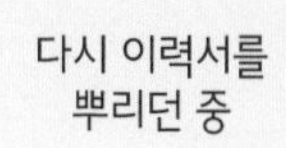
다시 이력서를
뿌리던 중

아 츄라이
츄라이!
이력서
NO!

B회사에서 연락이 왔다.

네 합격이요?
대표
내 면접을 견딘
사람은 네가 처음이야
합격이다.

**인내심 테스트였나?**

면접 내내 쎄한
느낌을 받았던 곳이라
고민이 많이 되었다.

A회사는
통 연락이 없고…

하지만
그 사람 상태가 영
별로였는데…

고민

고민

그냥 다른 곳을
찾아봐야…
월세 밀린 거
n0만 원

난 선택지가 없었다.
축하! 재취업!
편-안
다음 주부터
출근하겠습니다….

걱정과 다르게
B회사 사람들은 친절했고
안녕하세요~
안녕하세요~
안녕~
반가워요~

장비가
좋았다.

맥끈~
mac끈~
오
전부 맥이다!
굉장해!

그리고
탕비실도 빵빵했다.
오 과자도
개많아!
다 대표가
먹으려고 산 건가?
정답!


입사 동기도 있어서
서로 잘 챙겨주었고
동기들도 다 착했다.

오늘 점심은~
뭐 먹지~


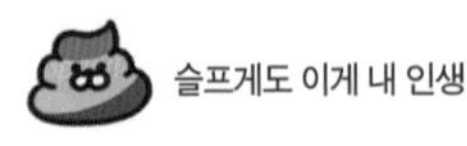

하지만 5명 이상 모인 곳에 또라이
1명은 꼭 존재하는 모양이다.

대
여러분을 이렇게
모은 것은 다름이
아니라….

사실 이것은
서바이벌입니다
3명 중 1명이 정규직이
되는 것이죠
예아
뭔 개쌉소리야

**뜻밖의 컴피티션**

그렇게
컴피티션 출근을 한 지
3주쯤 됐을 때 A회사에서
합격 메일이 왔다.

엥?
이제 와서?

고민이 되기 시작했다.

지금 여기가 일은
편하고 사람들도 좋지만…
3개월이 지나고 계속 다닐지
알 수가 없는뎅….
디자인 회사 프로세스
궁금하기도 하고 포폴도
잘 쌓일 거 같고

게다가 메일 내용에
정규직 전환을 보장한다는
내용이 있어서 더욱 솔깃했다.

A디자인 컴퍼니 인사팀
받은
보낸
휴지통
안녕하세요 A디자인컴퍼니입니다.
합격을 축하드립니다.
인턴 3개월 뒤 별일 없을 시
정직원 전환을 보장해드립니
와 하필 이런 상황에
딱 적절한 메일;;;

무엇보다 그 재수 없는 면상을 그만 봐도 된다.

예아!
어 하자 퇴사
탁!

결정적!

내가 자진 퇴사하는 게
이들에게도
도움이 되겠지

제가 사정이 생겨서…
더 이상 일을 할 수
없을 것 같아요
미안
미안
저런….

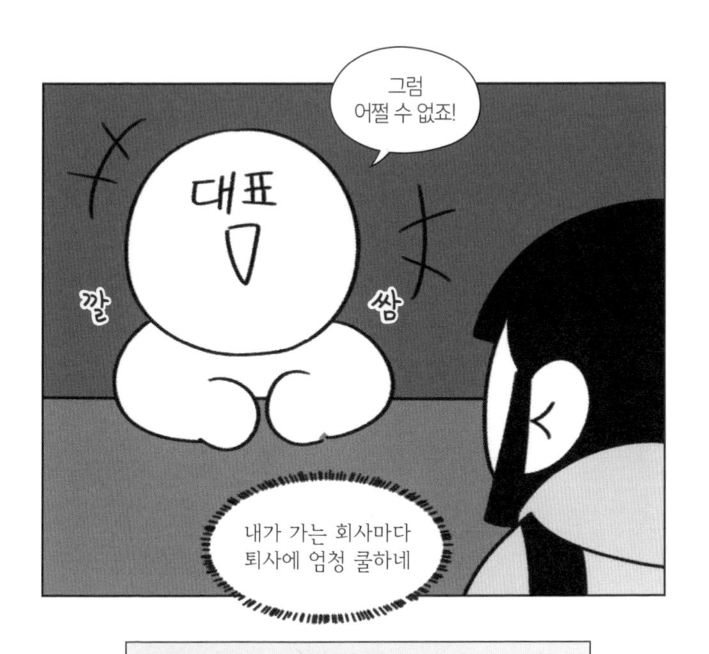
그럼
어쩔 수 없죠!
대표
깔
쌈
내가 가는 회사마다
퇴사에 엄청 쿨하네

그렇게 한 화에 취직과 퇴사를 동시에 하게 되었다.

10화 비하인드 스토리

사실 회사를 다니는 것만큼
힘든 게 취준일 것이다.

쎄빠지게
취준해서
쎄빠지게
회사 다니기!

**마치 똥을 싸기 위해 똥을 먹는 느낌**

취준중 가장 빡센 건 역시 면접

이…디자이이은…그
제가…즈…주도해서…
덜덜
긴장 푸시고
천천히 말하세요.

난 특히 면접에 너무 약해서
심적으로 고생을 많이 했다.

면접하고 오는 날이면 자존감이 바닥을 쳐서

내 생계를 좌지우지할 수 있는 사람 앞에서 어떻게 당당하게 말을 하냐고….
다들 어떻게 면접을 보는 거지?
1차 통과는 됐는데 진짜 좀만 야부리를 잘 털었어도ㅠ
이렇게 덜덜 떨 바엔 차라리….

극단적인 생각까지 하게 된다.

술 먹고 면접 보고 싶다….
힝!
그럼 완전 무대 장악 가능인데….

**모든 취준생들 응원합니다**

나중엔 면접자가 집에선
귀여운 잠옷 입고 빨래 개는 상상을
하면서 긴장을 풀었다.

덜덜 떨지만
그래도 할 말은 하게 됨

HELP

# 011

## 나의 취직 블록버스터(2)

그렇게 3번째 첫 출근

첫 출근이
첫 출근이 아닌
느낌이네

**첫 키스만 50번째**

출근하니 회사 분위기가
엄청 딱딱하고 조용하여
키보드 치는 소리만 들렸다.

타닥
타닥
ASMR 같네….

엄청 조용해서
거의 독서실 느낌이었다.
까딱 잘못하면
경고 포스트잇
붙는 거 아냐?
예
민
비염인데
콧물 나오면 어카지?
흐르지 않게 살짝
웃으면 되나?

**그건 눈물**

그리고 배정받은
바로 옆자리가…

아 슬이 씨 오늘부터
출근이었나
아 네 잘 부탁…

면접 때 본
인상이 무서운
아프로였다.

제 목숨
잘 부탁드립니다
쿠구구

**죄송합니다 잘못했어요 살려주세요**

아냐….
사람을 외모로 판단하면
안 되지. 엄청 친절하신
분일 수도….
반짝!
또르륵!
일이나 잘해보자!

휠 소리 시끄러워!!!!
휙!
아냐
절대 친절한 사람
아니야
개무서워

알고 보니 그 아프로는
팀장으로, 그 옆자리가
사원 특별 관리 자리였던 것이다.

애티튜드부터
아주 깡그리 고쳐야겠어….
특별히 관리해주지….
까득
까드득
마우스 써서 죄송합니다
키보드 장인이 되도록
노력하겠습니다

그렇게 첫 출근 날부터
찍혀버린 나는 뜨거운
관심 속에 회사를
다니게 되었는데

부담스러워서
일을 못 하겠네;
지
긋

무한 Ctrl+Z

어느 날 너무 숨이 막혀서
점심시간에 모니터를 살짝 돌려놨다가
찌끔!

바로 들켰다.
모니터 돌렸네!!
무슨 일을 숨기면서
하려고?!
크앙
크앙
오해십니다.
모니터를 닦다가
그만….
정확히
4도 돌렸네!!

**예민 보스**

온종일
시선을 의식하며
일하다 보니
칼퇴 해서 집에 가면
몸이 천근만근이었다.

왜케 피곤하지….
너무 열씨미 일했나?

아님

사실 이 회사에는
지인이 먼저
다니고 있었는데

염솔
먼저 다닌 지는
6개월 차!

그 지인이 입사하자마자
6개월 내내 진행했던
프로젝트에 내가 중도
합류하게 되었다.

한 프로젝트만
반년을 한 거야?
완전 고인 물이네
응 개질려서
토할 거 같아….
끌끌 썩은 물
수준이네

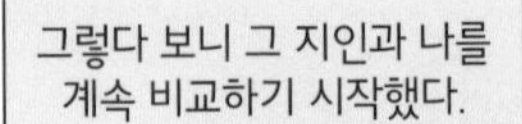
그렇다 보니 그 지인과 나를 계속 비교하기 시작했다.

누구는 시안 2개나 쳐냈는데 아이고 ~ 슬이 씨는 겨우 1개~ 아이고~~ 답답해~
당신 강냉이를 쳐버릴 순 있는데….

그럼 29개인데

염솔 씨는… 그거 그렇게 안 하던데….
움찔

염솔 씨는 이런 거 잘하는데….
한
숨

염솔 씨는….
소곤…

그만해 이 새끼야

자꾸 비교당하다 보니
지인을 다시 보게 됐다.
아이고!!
레이어 합쳐서
저장했다!
12
3
9
6
아아ㅏㅇ아ㄱ악!
이렇게나 일을
잘하면서 나랑 조별 과제
할 땐 왜…?

왠지 모를 배신감

그의 공격은
멈출 줄 몰랐고
슬이 씨는 보니까
참~ 사회생활 안 해본
사람 같아~
팀장은 비꼬기 스킬을 사용했다..!

난 지고 싶지
않았다.
제가 사회 초년생이라~
많이 못 해보긴 했죠~
맞는 말이기에 효과는 미미했다..!

슬이 씨 성격
소심하고 둔하지?
둔한 사람은 디자인
못하는데.
아고 둔해서
둔한지도 몰랐어요
헤헤
에베베

성격 가지고 남자친구가
뭐라 안 그래? 둔해서
답답해할 거 같은데
증말 애인이
있냐고 물어보지도
않으시구… 헤헤

슬이 씨는
정말 @#$%&…
저 머리는
자연인 걸까
파마를 하신 걸까
버럭!

**딴생각하기 만렙**

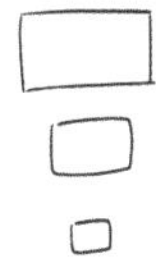

졌다.
그래요
당신이 이겼습니다
지구온난화 미세먼지 다
제 탓입니다

**제 자존감은 발닦개가 되었습니다**

그렇게 적막한 사무실엔
매일매일 내가 꾸중 듣는
소리가 울려 퍼졌고

빽!
빽!
이쯤 되면 소음공해
수준이겠네

**공개 수치 쑈**

이사님도
내가 측은하셨는지
응원해주셨다.
전에 술 먹고
지각하고 개판 치면서
다니던 애도 6개월 지나니까
잘하더라 하하!
괜춘!
괜춘!
제가 지금
개판을 치고 있다는
뜻입니까?

**위로를 잘 못하시는 편**

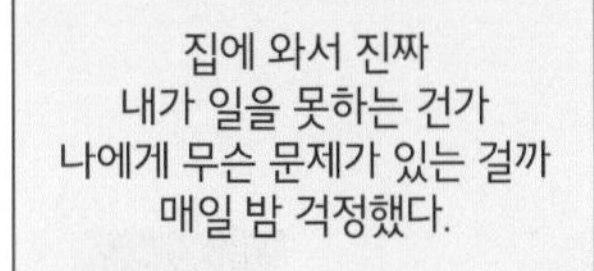
집에 와서 진짜
내가 일을 못하는 건가
나에게 무슨 문제가 있는 걸까
매일 밤 걱정했다.
매일 최선을 다해서 하는 건데….
잘하진 않아도 못한다는 소리는 별로 들어본 적 없는데….

둔하다는 건 뭐야…. 일부러 예민해질 수도 없고
소심한 성격을 고칠 수도 없고 다시 태어날 수도 없고.

소심한 게 뭐! 언젠가 소심한 사람들이 지구를 지배할 것이다.
꽈
각

**소심한 분노**

다른 사람은
다 하는 사회생활 나만
적응 못 하는구나….
아직 사회에
나가긴 모자란
사람인 걸까….
그럼
난 뭘 어떡해야
하지….
푸샥
푸샥

그렇게 또 열심히 땅을 파게 되었다.

알고 보니
그 팀장님은
회사에서
악명 높은
꼰대였고
아니야
그 사람 원래 그래
그래서 모두 다
피해 다녀….
선임들도
최대한 가까이하지
말랬어
힝

그 자리가 원래
팀장 구박을 엄청 받는
신입 특별석이야
전에 앉던 사람도
하루 종일 욕만
먹었어

전에 그 자리 앉았던
분이랑 외근 갔었을 때
돌아오는 택시에서
저 기사님
네?

최대한 돌아서…
멀리멀리…
천천히 가주세요
진지
진짜 들어가기
싫은가 봐!

흔한 직장인의 복귀

그분은 너 오니까
다른 곳으로
자리 옮겨졌어
Thank you for
your sacrifice.
내 희생이
헛되진 않았네

살신성인

그렇게 꾸역꾸역 4주를 채우니
월급이 들어왔는데

ㅂㄷ
ㅂㄷ
그래도 월급날이야….
돈을 보고 힘을 내자

?

!!

월급이 생명 위협 수준이었다.
이 돈으로
어케 살아…?
오싹

돈을 보고 공포를 느낀 건 처음

당신은
거지입니다.

생명을 위협받는 게
나뿐만이 아니었다.

야 너두?

그런데 월급을 받고 나니 왠지
팀장님의 관심이 줄어드는 듯하더니

이쯤 욕먹을
타이밍인데 왠지
시들하네
시들~

심지어는 안 어울리는
칭찬도 하기 시작했다.

이 부분은 뭐….
나름 잘했네.
앗 감사합니다….
헉
이제 인정해주시는 건가?

그렇게 이제 이 회사에 적응한 건가 싶은
어느 날 오후

역시 바나나로
점심 때우는 건
무리였나…?
돈 아끼려니
배가 안 차네….


메신저가 엄청나게 쏟아지길래 왜 그런가 했더니

띠롱
무슨일 있어요?
어디가 세요?
전체메일
어디로
전체 메일
띠롱
엥 전체 메일?
무슨 일이지?

갑자기 전체 메일로
공개 처형을 당한 것이었다.

A디자인 CEO
전체<team.all>
이번 달도 거의 마무리가 되어가
사원 모두 고생 많았습니다.
..................................
.........................
슬이 씨는 여러 사정으로 인해
이번 주를 마지막으로
퇴사하게 되었습니다.

You are fired

???????
나 퇴사해?????

그렇게 나도 모르는
나의 퇴사가 결정되었다.

# 11화 × 비하인드 스토리

초반 캐릭터 기획을 할 때
등장인물은 우리 가족 빼고 모두 동물!

초기 캐릭터
기획 시안

이라는 컨셉을 가지고 있었다.

근데 그사람은
브로콜리잖아
채소 아니야?

11화만에 컨셉은 붕괴.

…?
그러게?

(한심)

일을 너무 대충 하는 거
아니냐는 평가를 받았다.

# 012

## 나의 취직 블록버스터(3)

메일을 받은 지 얼마 후
이사님께 확인 사실까지 받았다.

…그렇게 됐네

실직의 충격에 헤어 나오지 못하는 중

아니 이사 양반!
개판 치던 사람도
6개월 다녔다며!!
유감.
괜찮다며!!

합격 메일과 전혀 다른 태도에
어이가 없었다.
별일 없으면 정규직
전환해준다며!!
A 디자인 컴퍼니 인사팀
안녕하세요 A디자인컴퍼니입
합격을 축하드립니다.
인턴 3개월 뒤 별일 없을
정직원 전환을 보장해드
유감.
왜 말이 달라
새끼들아!

착한 얼굴에
그렇지 못한 태도도
아니고….
너무한 거 아니냐….
비디
비디

블랙~~핑크~~기업

내가
잘릴 만큼 잘못한 게 있나
지난 4주간의 나의 모습을
검열해봐도

내가 '별일 없으면'에서의
'별일'에 포함되는 잘못을
저질렀나?

크게 실수한 일은 없었다.

잘못은
자기들이 나한테
더 했는데
개X끼들이….

**곱씹어서 더 빡칠 뿐**

한 번도 지각한 적 없고
회사 사람들과도
원만하게 지냈으며
큰 실수를 한 것도 없다.

아니 내가
회사 기밀문서를 훔친 것도
아니고, 유출한 것도 아니고
회사 기둥을 뽑은 것도
아닌데

헛 설마…!

탕비실을 너무
탈탈 털었나?
와작
냠~
뜨끔
기둥 한 개
뽑을 만큼 먹긴
한 것 같은데.

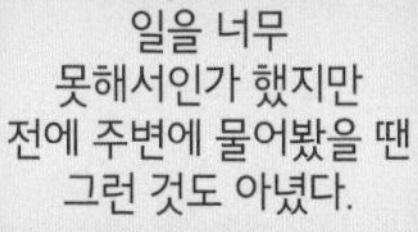
일을 너무
못해서인가 했지만
전에 주변에 물어봤을 땐
그런 것도 아녔다.

초반엔 당연히
못하지 나도 너랑
비슷했어
나는 반년 내내
같은 일만 하니까
당연히 속도가
붙은 거….

일하기 너무 싫어….
다 질렸어….
집에 갈래
주륵
그건 나도 그래

일 못하는 편이냐공?
아뇽? 슬이 씨
잘하고 있는뎅?
다행이다ㅠㅠㅠ
전 진짜 엄청 못하는 줄
알았어요ㅠ
갸웃
부엉 선임

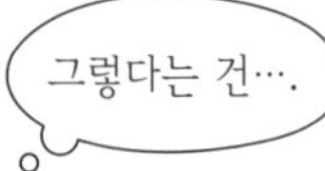
그렇다는 건….

잘린 이유를 찾았다.

**잡았다 요놈**

그러자 찔리는 게 있는지 대뜸 커피를 사준다고 했다.

내가 커피 사줄게
카페에서 이야기하자

그렇게 갖게 된
면담 타임
후

진-대

슬이 씨가 다른 팀원에
비해서 전체적으로
부진해 알지?
슬이 씨가 팀에
민폐가 된단 말이야

네가 자초한 일이다

인턴 평가라는 게
있는데 거기에 부엉 선임도
슬이 씨 안 좋게 평가했어
스윽
슬이 씨 아~주
잘하고 있어용
의견을 수렴해서
그런 결정이 난 거야

걔도 사실 너 별로랬어

그리고 워크숍 갔다 와서
다른 사원들이랑 친해지고
퇴사하면 분위기
별로일 것 같아서….
*곧 워크숍이었다.
갑작스러운 건
미안하게 생각해

**사원들이랑 정들고 자르면 내가 미움받잖아**

나라고
마음이 편하겠어?
다들 내가 그런 거라고
생각할 텐데!
슬이 씨 만큼
나도 힘들어!
쾅!

**미움받기 싫다고!!!**

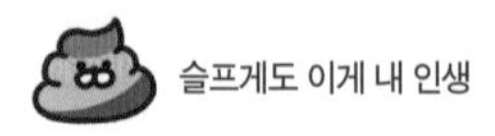
슬프게도 이게 내 인생

이 바닥 좁은 거 알죠?
슬이 씨 다른 곳 가도
나중에 만날 수도 있어
ㅋ
우리 그때
웃으며 만나

그때 만나도 나대지 마라

지랄 염병하고
있네
꽈직

함께해서 더러웠고 다신 만나지 맙시다

갑작스러운 퇴사 소식에
팀원들도 깜짝 놀랐다.

파닥
피곤
뭐예용? 뭐예용?
어떻게 된 거예용?
파닥
잘렸는데요….

같은 카페 또 감

잘렸다구용!! 왜용??
우리 회사 웬만하면
정직원 되는데 왜용??
파닥
파닥
저도 모르죠….
일단 화장실 좀
갔다 오면
안 될까요….

커피만 세 잔째

팀장님이 그랬는데
부엉 선임님도 저 일 못해서
인턴 평가 안 좋게
하셨다면서요
전에 여쭤봤을 땐
잘하고 있다고 하셨잖아요ㅠ
선임님 거짓말쟁이!
뿌엥
엥?
인턴 평가용??

그런 거
한 적 없는뎅?
첨 들어봐용
갸웃

YOU JUST ACTIVATED
개새끼가
진짜….
MY TRAP CARD

뇌피셜이지만 회사가
어려워져서 그랬을 거란
결론이 났다.
지금 일이 안 들어와서
그런 거 같아용 큰 프로젝트가
캔슬됐거든용
흑흑..
그렇다고 저도
같이 캔슬해버리는 게
어딨어요

퇴사 직전
서류 처리를 하면서
이사님과 마지막 면담을
하게 되었다.
이렇게 돼서
미안해요 서운한 거나
궁금한 게 있다면
말해요
말로라도 풀게….

궁금한 거….
전엔 그럼 왜
괜찮다고 했어요?
내가 그렇게
심각하게 별로였나.
이럴 거면
왜 뽑았어요?
그럼 내가 뭘 더
어떻게 해야 했는데

이사님 머리는
자연인가요?
응?
여기 곱슬머리만
정규직 될 수 있나
해서…

**팀장님은 자연이라던데**

그렇게
멘탈만 갈린 채
3번째 회사는
4주 만에
퇴사당했다.

난
파마한 거야…
터덜
이제 와서 서운한 걸
말해서 뭐 하겠어

우울할 땐
극약 처방이
필요하지….

주종관계
술드실..?ㅎ
조집시다.
나도 갈래~
쓰-윽

**약국에서 술 찾을 사람**

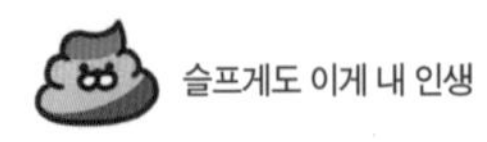

엥 회사
잘렸다고?
깜짝!
지소니: 귀여움

웅 그렇게
됐어
와~
개양아치들이네
탱: 많이 먹음
그런 데는
다녀봤자지
오히려 잘됐어

그래도 정규직
전환해준대서 다니던 곳도
퇴사하고 간 건데
흑흑.
이럴 줄 알았으면
계속 다닐 걸 그랬어

아유…. 힘내
오늘은 먹고 기운 내
그래
먹고 죽자
짠해 짠~
슬이의 새로운
취직을 위하여~

샤샷!
누구야?
깨톡!
대표
전전 회사 대푠데?
무슨 일이지….

깨톡!
깨톡!

슬프게도 이게 내 인생

?
토독
토독
!
움-
-찔

뭐어어어ㅇ어어어ㅓ!!!!!!
먹고 해라 야!
냥냥냥냥냥냥

돌아와 달래;;
X대표
슬이씨 혹시
다시 일할 생각 없어요?

잭…! 컴백…!

…….
정-
…….
…….
-적

그렇게 실직 위로 술자리는
취업 축하 자리로 바뀌었고

축! 4번째 취업

난 '이직왕'이라는
별명을 얻게 되었다.

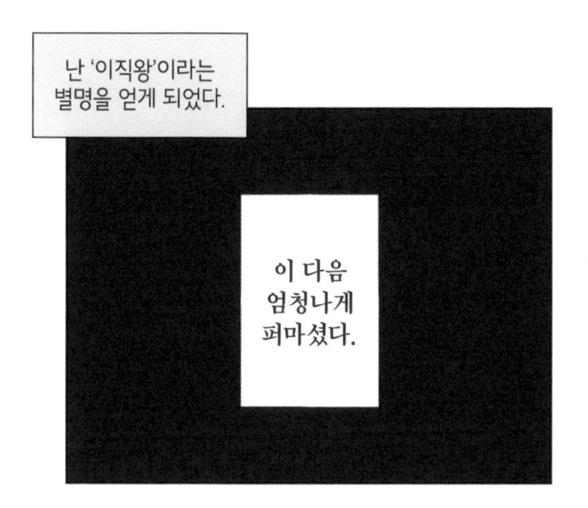
이 다음
엄청나게
퍼마셨다.

12화 비하인드 스토리

하루 만에 실직과 취업을 동시에 해서
그 당시 엄청 신기했었다.
와씨 어떻게 이러냐ㅋㅋ
그러케ㅋㅋ 인생 진짜 모를 일
야! 아니면 혹시

오늘 잘랐어
대표
ㅇㅋ 내가 주워감
둘이 아는 사이라 짜고 친 거 아니냐?

그런 창의적
개소리 계속 할래?!
버 럭!
ㅋㅋㅋㅋㅋㅋ
ㅋㅋㅋㅋㅋ미안

모르는데요?
대표
갸웃

다행히 아니었다.

# 013

## 나의 취직 블록버스터(4)

잘리고 바로 취직한 그날 이후


사실상 한 번
퇴사한 곳으로
다시 돌아가야 하는
상황이었는데

집에 일이
생겨서….
아하!
납-득
대표한테는
집안일 때문이라 그래서
상관없지만….

박차고 나온 문을
다시 열고 들어가려니

이직하려구요~
부럽다
와 축하해요~
다른 사원들한테는
이직하는 거라고 당당하게
말하고 나온 건데

그것이 매우
머쓱했다.

개그 뒷북
죄송….

**유통기한 지나버린 머쓱타드**

사람들이
왜 돌아왔냐고
물으면 뭐라고
말해야 하지….
왕위를 계승하러…
이건 아니고
범인은 현장에
다시 돌아오게
되어 있…
아니지. 이건
장르가 바뀌고….

어떻게든 포장해보려고 노력했지만

뭐라고 구라를
쳐야 자연스럽지!
으으음!

깊은 고민

실패했다.

옘병 거짓말도
똑똑한 사람이
하는 거지

무지에서 나오는 정직함

막상 다시 복귀(?)
출근하던 날

아… 안녕하세요
안녕하세요~
안녕안녕
어서 와요~

그럼
수고하세요~
타닥
타닥

따뜻한 무관심에
감동해버렸다.

정말이지….
좋은 사람들이라니까!
글썽!

**최고의 팀원!**

하지만 많은 것이
바뀌어 있었는데

흠 뭔가
허전한데
휘잉

앗하! 뭔가
부족하다 했더니
당이 부족하구만

일을 하려면
슈거하이가 와야지
탕비실을 털자!

**미뢰에는 자극을! 혈관엔 포도당을!**

탕비실
과자가 사라졌다.
웨얼알유!!!!!!!
텅―텅

또 이렇게 일할 이유가 사라졌다

그래도 오늘은 수요일,
수요일마다 점심을 사주는
복지가 있었지
츄릅!
점심에
맛있는 걸
먹으면 돼!

복지도 사라졌다.
좌절

컵라면 엔딩

대표
후후
LUNCH
저 사람….
2개월 만에 거지가
되어버린 건가?
후릅
토-토에
손이라도 댄 건가

빠직
월급 밀리면 바로
신고빵이야

**고용노동부 국번 없이 1350**

슬프게도 이게 내 인생

가장 큰 변화는
동기들의 퇴사였다.
허전한
이유가 사람이
없어서였구낙

전에 그나마
친했던 디자이너가
알려주길
유 리슨….

대표가 동기 둘이
붙어 다니자
일을 안 하는 거로
생각했는지

대표
깨륵
꺄륵
낄낄

한 명을
잘라버렸다.
일하지 않은 자
먹지도 말라!
오메!

그러자
다른 한 명이 크게
충격을 받았는데
뭐! 잘렸다구요?

원래 그녀는
기독교 신자로
이 모든 게
하나님의
은혜입니다.
A-멘
이러다 정크푸드가
정화되겠어!
너무
눈부셔…!

**홀리버거**

가끔 사무실에서
CCM을 흥얼거릴
정도로 독실한
크리스천이었는데

움찔
움찔
어메이징
그레이스~
움찔

부정한 곳에서 느끼는 신성함

그런 그녀가
동기의 퇴사 소식에
분노로 몸을 떨며
대표에게 찾아가
일하지 않은 자
먹지도 말라고요?
점심 식대도
안 주면서!
어불성설이다!
월급만치
일헌 건디!
강한 팩폭과
움찔
쾅

저주를 내리고는

이딴 식으로 하다간
이 회사는 분명
망할 것이다!

종교인의 진실된 저주

이런 거지 같은 회사는
저도 그만두겠습니다!

불꽃 같은 퇴사를
하셨다 한다.

쾅!

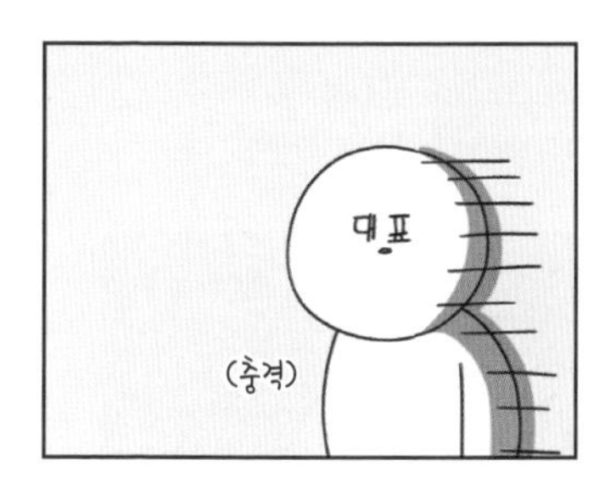
대표
(충격)

고로
결원이 생기자
날 다시 불렀던
것이다.

그런 일이 있었다.
(충격)

거지 같은 회사는 선량한 사람을
악으로 만든다는 걸 그때 알았다.

엄청 얌전한
사람이었는데….
울끈
불끈
종교인은 개쎄구나
나대지 말아야지

**역시 나사렛의 몽키스패너**

종교인도 견디지 못한 회사를
제 발로 들어온 나의 앞날이 깜깜해졌다.

두 번씩이나
이 거지 같은 곳에!!!
버려지다니히!!!

이것이 그 당시 포지션

(디자인)
대표
(쓰레기)
(개발)
(기획)
(일러스트)

슬프게도 이게 내 인생

난 원래
캐릭터 일러스트,
모델링 하는 게
주된 업무였다.
으흐흫….
저 사람은 3D로
뭘 만드는 거야

뭔데 모자이크야

그런데 어느 날 한 명뿐인
디자이너가 퇴사하게 되었는데
자유와 건강을
찾아서!
와장창
安
안녕히!
NO!

회사 프로세스상 디자이너가 없으면
굴러갈 수 없는 상황이었다.

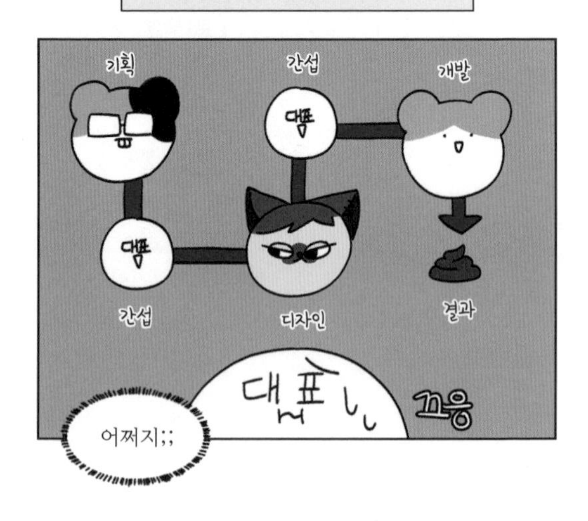

기획
간섭
개발
간섭
디자인
결과
고용
어쩌지;;


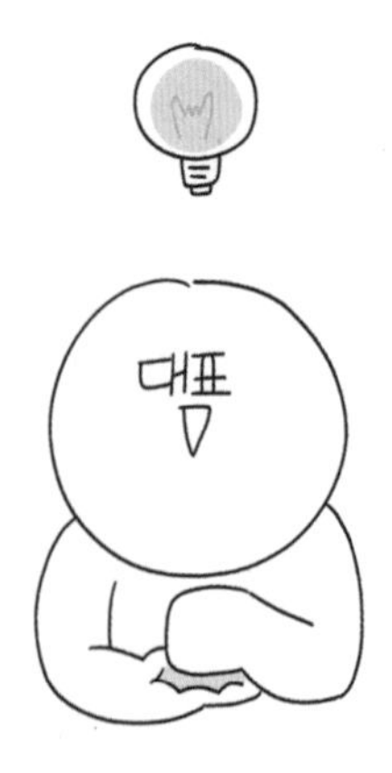

슬프게도 이게 내 인생

슬이 님 전공이
디자인이셨죠?
대
어 네

그럼
디자인도 하실 수
있겠네요??
대표
초롱
초롱
어… 네

**뭔가 불안**

레벨업
대표
축하합니다!!
디자이너가 되셨습니다!

???????????????

아니 이게 무슨 포켓몬 진화도 아니고

그렇게 갑자기
디자인까지 떠맡게 되었고

저기 제 의사는…
중요치 않은 건가요?
피카츄도 진화를
거절하는데….
지끈!
?!
미안해요
그럼 디자이너를
다시 충원할 때까지만!
그때까지만 부탁해요!

아 그럼 디자이너
뽑힐 때까지만…
짜증

그렇게 1년이 지났다.

(.........)

취직 블록버스터 시리즈는
슬이 인생을 정식 연재 시켜준
중심 에피소드다.

취직 블록버스터가
인상 깊었거든요~

이때 당시는 진짜 맨날
집에서 울 만큼 힘들었는데

내가 염솔한테
비교당하면서
다녀야 된다니….
뭐 이 새끼야?
흑흑

**울 만큼 힘들었던 이유**

현재는 그 경험 덕분에
벌어먹고 있다는 게 참 신기하다.

고난을 어떻게
풀어가냐에 따라
인생의 전환점이
될 수 있구나~

그 시절을 기특하게 잘 이겨낸
과거의 나를 칭찬해주고 싶다.

얌마 고놈들이
잘한 건 한 개도 없지만
그래도 네가
잘해나가니까
걱정하지 마!

그리고 역시 다시는 하고 싶지 않음.

그래도 인생 참 쉽기만
했으면 좋았을 텐데
그러게….

**꼭 고난과 역경 있어야 했나**

여드름

# 014

## 여드름쟁이의 고충

난 타고난

거기 뒤에 자는 애
58페이지 읽어봐라!
쿨-

지성인이다.

에
부욱
읽으랬지
파괴하랬냐

그리고 대부분
지성인이 그러하듯
여드름을 달고
살고 있다.
자고 일어나면
여드름이 리스폰 되네

**생명력 최고 되네**

이것은 유전적인
현상으로 엄마한테
물려받았는데

**유전적으로 풍족한 유전**

하지만
지금의 엄마는
아주 깨끗하고
도자기 같은
피부를
가지고 있다.

부럽!
오홍홍~

**미모의 50대 여인**

비결이 뭐 당가?

결혼하고
애 낳으면 안 난다

난 영원히 여드름과
살아야겠구나.

무리

**아이참**

슬프게도 이게 내 인생

가끔 집에 내려가면 엄마는
내 얼굴을 보고 매번 놀라시는데

워메 딸 얼굴이 아주
엉망진창이여~~~~

그게 3개월 만에
보는 딸을 보자마자
할 소리여

깜짝

**왜 너는 젊은것이
싱그럽지 못혀~**
걱정
걱정

난 싱그럽지 않은
젊은이가 되었다.
엄니
때문이잖쑤!

**불효자식**

아들은 안 나는데
으앵
그래서
더 빡쳐!!!

**유전자 몰빵**

관리의 문제인가
싶어서 꼼꼼히
관리를 해봐도

물 온도는 딱 중간
미지근한 물!

**수도꼭지는 정중앙에 수렴**

피부에 자극 없게
보도랍게 터치!
빨리행
아프
아뿌
아기 엉덩이
만지듯이 아조
보도랍게!

세안하자마자
스킨을 속속
속속

수분크림까지
샥샥 하면
샥샥

짜잔! 정성 들인
여드름쟁이~
완
성

**효과 0%**

피부 좋은 사람은
뭔가 다른
비결이 있는 걸까?

그렇게 씻으면
피부에 자극 주는뎅….
벅 벅 벅 벅 벅 벅

짝!
짝!
올인원….
얼굴 찢어지겠다
그만 때려;

관리고 나발이고
피부는 타고나야 한다.
어 개운~
반짝!
때려쳐

**아 불공평해!!!!**

먹는 게 문제라는
말도 있어서 식단을
조절해보기도 했다.
어디 보자
여드름에 안 좋은
음식….
밀가루
설탕
밀가루 유제품
기름진 음식 설탕이
포함된 음식….

?? 그럼
뭐 먹고 살라고???

치료 방법은 죽음뿐이라는 건가

그래도 절박해서
피부에 좋은 것만
먹긴 했는데

냠

연비가 안 좋아서
오래가지 못했다.

풀때기는 영
배가 안 찬단
말이야….
우물
우물

나무 한 그루 먹을 기세

내 여드름을 본 사람들은 어떻게든
치유를 도와주고 싶어 하는데,

머리카락이 얼굴에
붙어서 그런 거야!
이 한약 먹으면
좋아진대!
세안법이
잘못된 거야!
이 제품을
바르면 좋대!
베갯잇이 지저분해서
그런 거야!
수제 비누로
세수하면 나아진대!

막상 들어보면 다 해본
방법이라 씁쓸해진다.

네 다음 분?
(숙연)

제 여드름은 호락호락한 놈이 아닙니다

무엇보다 여드름이 하필 얼굴에 나는 거라
거울만 보면 자존감이 낮아지는데

하아아아악!!
원인 제거!
…왜?
쨍창!

거울은 죄가 없다

외모에 신경 안 쓰려고
해도 주변에서
도와주질 않는다.
피부가 그 모양인데
화장을 하고 싶냐?
그러니까
여드름이 나지

극혐
극혐
으 여드름….
피부가 구리면 화장으로
가리기라도 해라

어느 장단에
춤을 추라는 걸까.
넌 인성이 구리면
와꾸로 가려야 하는 거
아니냐 새끼야
*외모 품평은 무례한 행동입니다.

여드름 때문에 들어본 말 중
최악은 이것.

아~ 넌 여드름만
없었으면 괜찮은
얼굴인데~
ㅋ
피부만 괜찮았어도
너랑 사귀었다ㅋ

당시 너무 어이없어서
아무 말도 못 한 게
한으로 남아 있다.

ㄴ… 낵아…
너어랑 왜 사겨….

지는…
닭벼슬같이
생긴 게….

*외모 품평은 무례한… 에라이.

그렇게 피부와 멘탈이
너덜너덜해지면 최후의
방법인 피부과를 간다.

(넓부랑)

아이고 화농성
여드름이 심하네요

그래도 이 정도면
금방 치료할…
꾸깃

여드름 빔

오늘 야근이다
어 자기야
오늘  못 들어가 먼저 자

**엄청난 업무량**

피부과는 비싼 데다가 너무 아프고

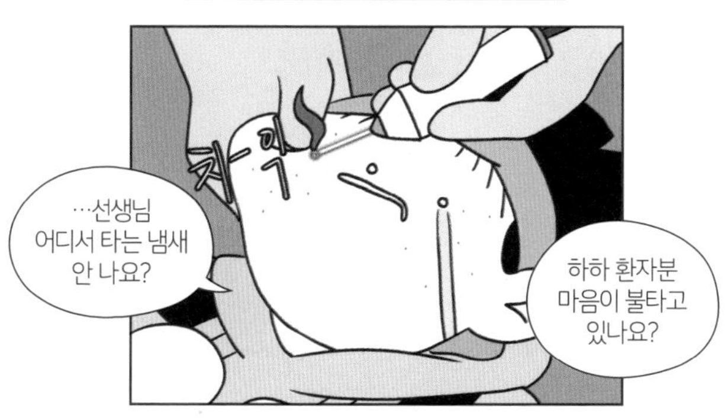
…선생님
어디서 타는 냄새
안 나요?
하하 환자분
마음이 불타고
있나요?

**아뇨 제 얼굴이 타고 있잖아요…**

좀 좋아졌다
싶으면

오 역시
돈과 시간을 들여서
안 되는 건 없구나
깨끗!

근데 왠케
배가 땡기지

쎄-함

생리가 터져서 도루묵 된다.

PMS!
PMS!

호르몬 폭격

호르몬을
이길 수 있는 건 약뿐이다.

너 내 얼굴 살린다
현대 의학 믿는다
중증
여드름

하지만 역시 너무 비싸고
피부약들은 다 독하기 때문에
부작용이 많은데

쬐꼼

이 콩알만 한 게
한 알당 천 원이라니
보험도 안 되는 게
괘씸한 놈

**괘씸하니까 먹어서 없애버리자**

대표적인 부작용은
입술이 아작 나는 것이다.

입술이 왜 이렇게
불어터졌어?
남자랑 딥키스 했어
아주 쪽쪽 빨렸어
퉁퉁

**통장도 같이 빨렸어**

약이 몸 안에
피지 분비를 줄여주는 것인데
입술은 피부가 얇아
사막처럼 갈라진다.

으… 피

**빠빨간 맛**

입술이 너무
아파서 그만 먹으면

바셀린 한 통을
빠개도 입술이
나아지지 않아!
으아
아아아!
더는 못 먹겠다!

바로 남.

여 오랜만~
빠직

**아 쿨타임 진짜**

이것을 반복하다 보면

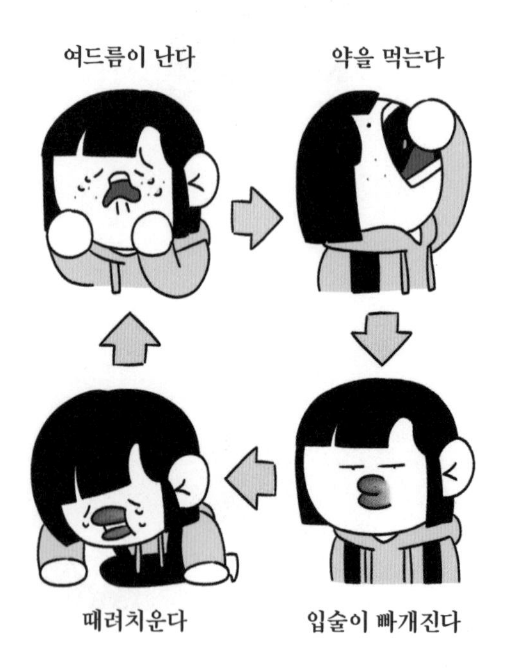
여드름이 난다
약을 먹는다
입술이 빠개진다
때려치운다

포기하게 된다.

결국 입술에 피가 나거나
얼굴에서 피가 나거나 아닌가?

해탈!

피 마를 날이
없구나!

**생긴 대로 살자!**

20대 후반으로 접어든 지금은
놀랍게도 여드름이 많이 줄긴 했다.

내 피부가 깨끗하다고
해서 내 얼굴이
떡상하는 건 아니군
귀여우니
괜찮지만

**이목구비는 깨끗하지 않으니까!**

근데 줄어든 게 아니라

헐! 슴드름
뭐야
샤워를 자주
안 해서 그런가?
이게 맞는 듯

주거지를 바꾼 거였다.

그래도 얼굴에 나는 것보단
낫겠지 싶어 만족하며 살고 있다.

뭐… 가슴팍을
열고 다니진 않으니까

그래도 여드름 싫다.

그럼 차라리 발등
이런 곳에 나지!
뭐요?

극단적

# 015

## 화장실 프라블럼

회사에 흡연자가 있다면 자주 자리를 비우기 때문에 부럽다는 생각이 든 적 있을 것이다.
어휴 그 사람은 담배 피우는 시간만 모으면 1시간은 되겠어요!
그러니까요! 그렇다고 덩달아 담배를 피울 수도 없고

하지만 난 부럽지 않다.
후후 그런 거로 투덜거린다니
훗!

난 그만큼 화장실을
자주 가기 때문이다.

자주 피우지 못한다면
자주 싸면 되지

## 마리웅꼬아네트

이번 화는 조금
더러운 이야기.
휭휭휭히ㅣㅣㅎ히
난 싸면서 돈 번다!
더러워
더럽네

입사 초반보다 회사 인원이

(기획)
대표
(할많하않)
(개발)
(디자인)


조금 늘어났다.

(QA)
(마케팅)
대표
(똥)
(기획)
(디자인)
(개발)

하지만 생물학적
여자는 나뿐.

어차피 아싸라 상관없다 인생은 혼자인 것

일하는 데
성별은 문제가
되지 않지만

이런 건
좀 불편하다.

대
앞으로 화장실 쓰레기통을 없애도록 하겠습니다! 화장지는 변기에 버리세요!
네~

우리 회사 화장실은 공용이다.
탐폰은 어따 버려? 피리인 척 불면서 나와야 하냐?

**논현동 블러드휘슬**

분명 본인이
화장실 청소 담당이니까
귀찮아서 없앤다고
했겠지
까륵
ㅍ
깨륵
찌릿!
다 하는 청소
저만 안 하려고
진짜

회사에서는 자신의 의견을
확실히 표현하는 것이 중요하다.

그럼 전 생리대를 갈면
들고 나와야 하나요?
엄~청
번거로운데ㅎ

**돌려 말하는 걸 못하는 타입**

대표

이렇게 휴지통을 사수했다.
아… 그대로 두겠습니다
넵
대표

이 회사는
이렇게 생긴 화장실
하나뿐이다.

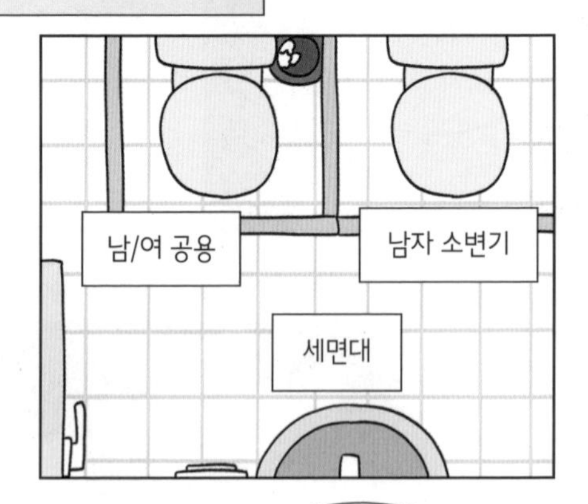
남/여 공용
남자 소변기
세면대

노나 쓸 게 없어서
변기를 노나 쓰다니

사람은
10명이 넘는데
화장실이 하나니
타이밍 잡기가
너무 힘들다.

아… 젼래… 급헌디….
갈 때마다…누가 있어….
바들
바들

삼고초려

그리고 오랫동안
나오지 않으면
바로 알 수 있는데
똥이네
쿵
쾅
똥이네

**작은 회사의 치명적 오류**

그러다 보니 본의 아니게
사람마다 배변 타입을
알 수 있게 되었다.

자리가 비어 있는 거 보니
저 사람이 화장실에 있군
한 시간 뒤에나 쌀 수 있겠다

**이렇게 방광염에 한 걸음 가까워졌다**

그렇게 대기 탔다가
누가 나가자마자
바로 들어가면
악!!!!
터진다!!!!!
쌔앵

체내 수분 109%

기분 더러운 따뜻한 공기.
흐으읍….
ㅂㄷ
ㅂㄷ

아직 싼 자의 온기가 남아 있습니다

그리고
아찔!
후딱
해치우고 나가야지….
약간 어지러웠어….

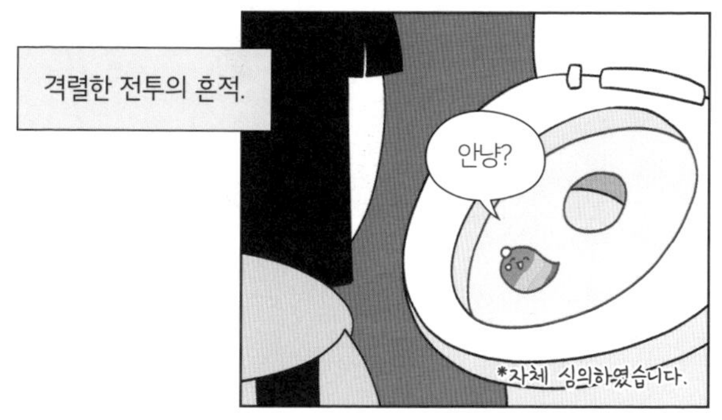
격렬한 전투의 흔적.
안녕?
*자체 심의하였습니다.

처음 뵙겠습니다

동료들과 한층
가까워진 기분이 든다.

오ㄹ로록ㄱ꼬로ㄹ록

그래도 마려우니 싸야 한다.

흐아흐이!

인간은 생리적 욕구를
참을 수 없는 동물이기에…

엉덩이 대는 것은
불쾌하니 기마 자세는 필수.
흐아!
쭈ㅡ욱

슬프게도 이게 내 인생

내가 능력이 못나서
이런 화장실에서
벌을 받는구나!
공부 열심히
할걸!
히규
흐규

뜻밖의 자기성찰

어느 날은 화장실 불이 꺼져 있고
안 잠겨 있어 의심치 않고 문을 열었는데,

사람은 왜~
싸야 하는가~

회사 동료가
전투를 치르고 있었다.
NO

탁

후에 이 기억을 떨쳐버리는데
많은 노력이 필요했다.

왜 문이 두 개나 있는데
단 한 개도 잠그질 않은 거야
ㄲㅇㅇㅇ읅….

트라우마

어—색

하필 옆자리라 한동안 어색하게 지냄

여러 명이 한 화장실을 쓰다 보니
위생도 신경이 쓰이는데

손 좀 꼭!
본인과
다른 사람들을 위해서
일을 본 뒤 깨끗이
씻어주세요!

**난 네 똥오줌 묻은 손으로 만졌던**
**커피머신/결재서류/수갑/총/채찍을 만지기 싫단다!**

어느 날 비누에서
디스펜서로 바뀌었다.

오

좀 더
청결해지겠군
좋당
버블
버블

그리고 한 달 뒤
맞다
화장실 비누
바뀐 거 알죠?
대표
어휴 한 달
지난 거를 어케든
생색내시겠다고

바뀐 걸 누가
모르겠냐고 한 달이
지났는ㄷ….
그랬어요?

어…?
그날 이후 화장실 문은
팔꿈치로 열게 되었다.

덧

남자 소변기는 항상 닫혀 있기 때문에
본 적이 없었는데(볼 필요도 없지만)

어~ 시원
남/녀 공용
남자소변기

어느 날
문이 부서져 있었다.

아니 왜
문이….

그래서 우연히
보게 되었는데

ㅋㅋ
ㅋㅋ
남자
ㅋㅋ누가
문을 부술 만큼
급했나 보네

ㅋㅋ
남자
얼마나
급했으면…

엄청난 위생 상태에 압도당하여
그날 점심은 거를 수밖에 없었다.

노랗게!
노랗게!

샛노랗게!

# 016

## 대표(상)

이 회사 사원들은 대부분 젊어서 그런지
꽤 무난한 사내 분위기가 유지되고 있다.

무난~
무난~

하지만 꼭 물 흐리는 사람이 있기 마련
이 화면은 이렇겡~
저렇겡~

슈웅—
그래서….

슈융…?

이 회사에서는
대표가 그러하다.

슈웅
대표
슝
이 좁은 사무실에서
전동휠…?

이번 화는 저 빌런…
아니 대표에 대한 이야기.

대표
슈앙—

발목…
잘라버릴까?
개빡!
진정하세요….

난 대표가 싫다.
으 싫다
대표

싫어서 육성으로 막 나와버림

너무 싫어서
얼굴만 봐도 싫고

?
오만상
대
으….

글쎄 그렇다니까!!
그 사람이~~!
대표
으….
목소리만
들어도 싫다.

그리기도 싫어서
캐릭터도 대충 만들었다.

으… 열심히
그려주기 싫어….
대표
그냥 얼굴에
대표라고 쓰면
되지 않을까?
캐릭터 비화

내가 대표를 볼 때마다
표정을 구기고 다녀서 그런지
한 번은 이런 말을 했다.
난 말이야….
슬이 씨가…
제일 어려워….
꿍얼
대표
꿍얼
단 한 번도
웃는 것을 못 봤어 그래도
우리 회사 홍일점인데….

사회생활을 잘하고 있는 것 같아서 뿌듯했다.
일하는데 왜 웃어요
정-
-색

미쳤습니까 휴먼?

그는 항상 스티브 잡스랑 마크 저커버그처럼 되고 싶어 하고
사과처럼 해조!
잉스타처럼!
얼굴북처럼!
대표
대표
대표
F

스트레스

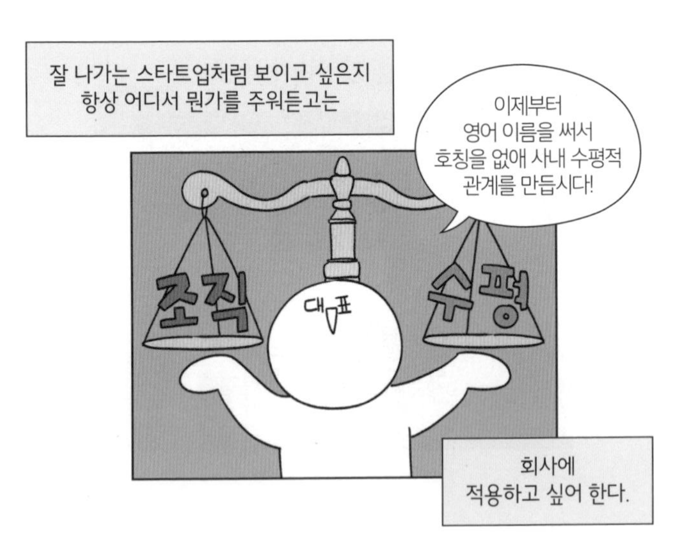
잘 나가는 스타트업처럼 보이고 싶은지
항상 어디서 뭔가를 주워듣고는
이제부터 영어 이름을 써서 호칭을 없애 사내 수평적 관계를 만듭시다!
조직
수평
대표
회사에 적용하고 싶어 한다.

원래… 호칭 없었는데?
슬이 씨~
개발 씨~
*이름 부름

Agile
대표
*애자일방법론으로 운영을 변경하겠습니다!

*소프트웨어 개발프로세스

애자일은
뭔지나 알고 하자고
하는 건가 저거?
후비적

앞으로 *KPI를
이용하여 매달 업무
보고를 해주세요!
대표
KPI
그리고 월말마다
그것을 발표하고 반성하여
능률을 올립시다!

*핵심성과지표

그런 귀찮은 거
시킬수록 능률이
떨어지는 걸 모르나?
후-

**마! 그냥 성과금을 줘라!**

이러한 운영 방침을
현재 회사 상황에 적합한지
생각하지 않고
요즘 이게 좋대
이걸로 돈 벌자!
대표
아이스크림
스쿱으로요?
그냥 좋아 보여서,
유행이어서 가져오기 때문에

업무에 도움이
전혀 되지 않고 그냥
혼란만 야기하게 된다.
어… 근데 여기
호떡가게인데요
?
치익~

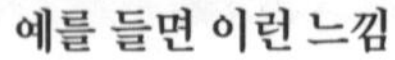
예를 들면 이런 느낌

무엇보다 본인이
그 운영 방침을
제일 안 지키기 때문에

제임스 님~
데이먼 님~

쓸데없는 에너지만
낭비해버리고 만다.

대표
아!

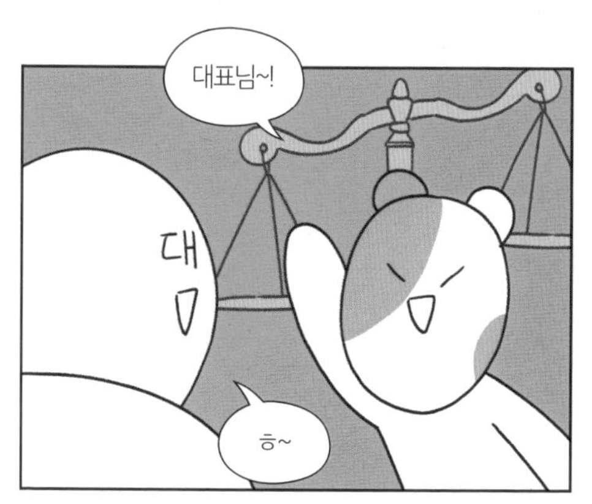
대표님~!
대
흥~

**다 뒤져버린 수평 관계**

KPI 성과지표
겨우 끼워 맞춰서 만들었네
대표한테 메일 보내야겠다~

다음 날
Mail
편지쓰기
수신 확인
대표 KPI 업무보고 안읽음

안 읽음

일주일 뒤

안 읽음

한 달 뒤
KPI 발표 날

부재중
KPI

안 옴

다신 안 해
꾸깃

이딴 거 시키기만 해봐

그리고 한 달 뒤
또 다른 걸 들고 온다.
이번에는
회사 방침을~~
대표
그만…!

제발 그만둬!

정확하게는 모르지만,
대표의 나이는 대략 30대
중후반으로 알고 있다.

저보다 어린 거로
알고 있어요
헉 진짜요?

예전 디자이너가
퇴사 전 대표에 대해서

그 사람은 딱
젊은 꼰대 스타일이야
쪼옵

라고 말한 적이 있는데

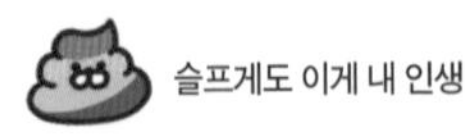

과거에 본인이
얼마나 잘 나갔었는지
자랑하려고 하고

할핫 내가 뉴우~욕에
있었을 땐 말이야~
대표

누구 물어본 사람?

겉멋도
좀 든 것 같고

맨날 회사
돈 없다면서 벤츠
끌고 다니네….

아니 근데
세차 좀 해라
끼잉!
벤츠면 뭐 하냐
침대 밑에서 나온
꼴인데

애 봐라 울겠다

디자인을 전공한 것도 아니면서
자꾸 가르치려 든다.

슬이 씨~
레이아웃은 슬이 씨가
짜는 게 아니야~
엥~ 저는 슬이가
아니라 데이먼인데~
대표
그리고 디자이너가
레이아웃 안 짜면
누가 합니까?

이미 만들어져 있는 것을
그대로 가져오면 된다!
왜냐, 이미
괜찮다고 증명되어 있는
것이니까!!!
'좋은 레이아웃
웹사이트 TOP10'
대표
그런 정신머리로
용케 대표하고 있네

**고소당하고 싶냐?**

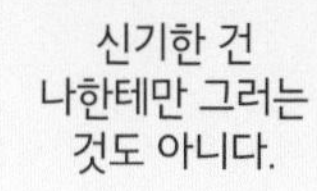
신기한 건
나한테만 그러는
것도 아니다.

깐족
대표
에헤~ 마케팅은
그렇게 하는 게
아니지!
대표
깐족
기획은 그렇게
하는 게 아니지!

개발은!!
표
?

최대한 빨리
부탁합니다.
굽신
대
??
진짜
짜증 나네

개발은 아예 언어가 달라 약한 모양.

모든 프로젝트의 세세한 부분까지
다 관리하고 싶어 참견하는 것인데

대표

이것은 마이크로 매니저라는
개노답 타입으로
다음 화에 다루도록 하겠다.

휴 대표 욕할려다
보니 빡쳐서 분량
조절 실패했네
대표
희희~
딥빡

# 017

## 대표(하)

이번 화는 마이크로 매니저란
리더에 관한 이야기

대표

마이크로 매니저란
과하게 세세한 것까지
본인 마음대로
하고 싶어 하고

상단은 노란색으로
글자 크기는 좀 크게
중앙 정렬로 버튼은
둥근 버튼으로 하고
라인도 더 두껍게
끙얼
대표
끙얼
아아아 좀 더
왼쪽 더더더더더더
아니 너무 많이 갔어
에이~
그럼
네가 해

일을 위임해놓고
직원을 믿지 못해서
시도 때도 없이
업무 보고를 요구하는
구린 리더 타입이다.

업무보고서
주간
업무보고서
월간
업무보고서
아니 일을
먼저 해야지
보고서를 쓰든 말든 하지

멋진 스타트업 회사를
운영하고 있다고 생각해서
오바육바 떠는 사람인데

한강으로
소풍 가자, 소풍!
가서 김밥 먹자!
대표
붕방
방
제발 일만
하자….

**내 입에서 이런 말 나오게 할래**

이런 사람들이 보통
잡스병에 걸리기 쉽다.

Stay Hungry,
Stay Foolish!
대
표

**잡스 당신은 대체**

잡스가
마이크로 매니징을
하던 사람이라 본인도
따라 하는 것 같은데

대표
얘랑 똑같이 할래요!


스스로 잡스 수준의
짬바가 되는지
가슴에 손을 얹고
생각해주었으면 한다.

아니 손님 이건 잡스잖아요


**양심 어디?**

그래도 그나마
능력 있는 상사가
부하 직원이 성에 안 차
답답한 마음에
그러는 거면

아유 됐어요 처음부터 내가 다 고쳐야겠네 못 미더워서 원
시무룩


빡치지만 이해는 하겠는데

이 사람은 디자인에 대해 아는 게
쥐뿔도 없으면서 이래라저래라니
복장이 터지는 것이다.

애랑!!! 똑같이
해달라니까!!!
대표
버럭
instar
버럭
아니 똑같이 하면
큰일 난다고요!!
소송당하고 싶냐고!!

이런 유형은 꼭 처음에는
자유로운 척 아이디어 내서
스스로 해보라고 해놓고

이번 화면은
슬이 씨 아이디어가 필요해요
자유롭게 디자인해보세요

대표
넵

신나게 만들어서
가져다주면

오싹
히힉!
히힉힉!

내가 준 시안을
자기 마음대로
뜯어고쳐서

대표
이런 요런 부분은
별로고 저런 부분은
이렇게 하는 게 좋고

더 구리게
만들어버린다.

이게 훨씬 낫죠!
이렇게 다시
만들어주세요~

**와! 모든 걸 똥으로 만드는 힘!**

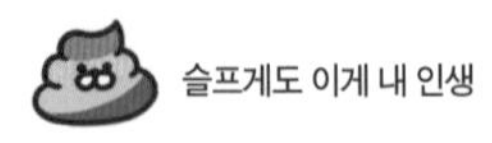

실제 상황으로 예시를 들어보자면
이런 콘텐츠만 들어가면 되고 디자인은 슬이 씨가 알아서 해
대표
넵!

디자인해서 컨펌받고 일이 마무리된 줄 알았더니
아 괜찮네~ 디자인 주시면 제가 개발에 넘길게요ㅎ
대표
넵넵
다음 날 개발에서 수정 요청이 와서 보면
그… 뭔가 이상해서요
아 진짜요? 어떤 부분이요??

죄송해요
제가 또 실수했나 봐요….
아뇨, 아뇨
별건 아니라 확인만
해주시면 돼요

이 디자인이
맞는 건가요?

☆저의 홈페이지에 오신
것을 환영합니다 ^^☆

누구세요

**생전 처음 보는 디자인이 거기 있었다**

디자인 제가 맡긴 했는데
제 디자인은 아니네요….
뭔 소리야

대표가 포토샵에서
제 디자인을 맘대로
고친 거 같아요….
아 어쩐지
대충
이런 식이다.

이런 사람의
젤 꼴 보기 싫은 점은
본인은 직원들의
자율성 존중하는
멋진 상사이며,
슬이 씨
아이디어 괜찮았는데~
내가 안 쓰는 건 다
이유가 있어서 그래
대표
그래도 계속
아이디어 내줘~
알겠지?
…….

직원들이 자기보다 능력이 떨어지기에 결국
본인이 손을 대게 한다고 착각한다는 것이다.

나r도 가끔은…
내 자r신이
두렵…ㄸr☆
이 오른손의
천재성이 모두를…
ㄷr치게 할까 바…☆


**서른 중반에 와버린 중2병**

그렇다 보니
사원들의 결과물을
거의 못마땅해하는데

기획 요청하셔서
디자인까지 마친 화면들
시안입니다
대표
음….

기획은 당신이
하는 게 아니다!
네?
UX 전공_
기획자 경력 10년 차

디자인은 당신이
하는 게 아니다!
뭐?
디자인 전공_
경력 1년 차

그럼 그걸 다
누가 한답니까?
대표
음 그건…

바로 내가 한다아아
ㅏ아아으ㅏ아아아!
대
자 본인이
다 하신다니 저희는
퇴근합시다
개이득

열정 넘치게 뭔가를 만들어왔으나
결과는 인간의 범주를 넘어버렸고
어휴 제가 거의
다 했으니까 두 분은
다듬어만 주세요~
대표
최 고 의 기 획
이게 다
꿈이었으면
좋겠어요
결국 뒷수습을 해야 하기에
일을 두 번 하게 되는데

즉 다른 사람이 느끼기에는
똥 던지는 고릴라일 뿐이다.

우끽!!
으아아아
감당 안 되는 일이
쏟아지는구나!

누가 마취총 좀 가져와!

이론적, 윤리적, 법적으로
적합한 결과물로
다시 수정해서 가져다주면

으 그나마 덜 더럽게 수습했다
아직도 냄새나긴 하는데….
그래도
형태는 좀 낫네요
냄새는 나지만

구린내 나는 디자인

본인이 해달라는 거랑 달라서
또 난리 난다.

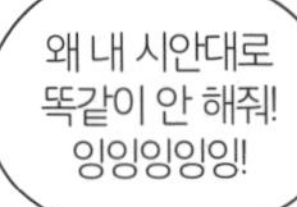
왜 내 시안대로
똑같이 안 해줘!
잉잉잉잉잉!

대표
징징
징징
제 회사 망할까 봐
열심히 해주니까….

**배은망덕한 놈**

결국
똥을 쥐여주면
좋아함.

까륵!
대표
쳇

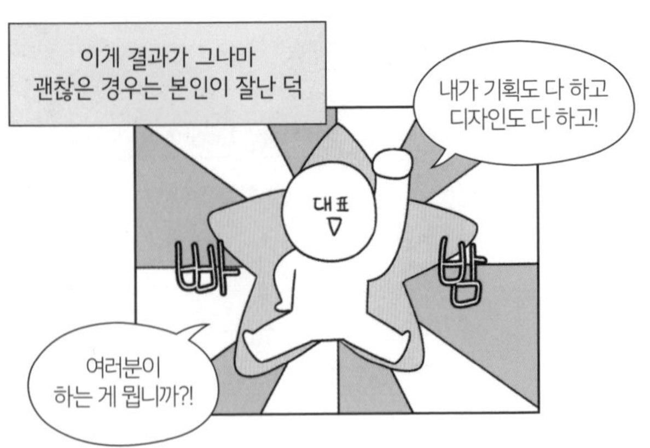
이게 결과가 그나마
괜찮은 경우는 본인이 잘난 덕
내가 기획도 다 하고
디자인도 다 하고!
대표
빠
밤
여러분이
하는 게 뭡니까?!

슬프게도 이게 내 인생

어 니 조질 궁리
법적으로 엿 먹일 궁리

**그것 때문에 야근도 해, 내가**

결과가 나쁘면 또 남 탓이다.
저는 아이디어만 드렸는데
그걸 또 그대로 하면 어케요….
반응이 안 좋잖아요
댚표
…아 …네

**이젠 일일이 빡치는 것도 지침**

무슨 일을 하던 결과물이
자신이 만든 게 아닌
느낌이 들고

이건 뭐…
일을 하는 게 아니라
그냥 대표 손이 되어주는
느낌이네

'열심히 일해봤자'
라는 생각이 절로
드니 사원들은
의욕을 잃는다.
어차피
대표가 제 맘대로
바꿀 텐데
대표
아 일하기
싫다~

대표는 이런 직원들의
업무 태도가 맘에 안 드니
의심이 더 늘고
돈 받고
일 안 하지!
대표
아니?! 주는 만큼
일하는 건데!

노사 갈등

그렇다 보니
업무일지 요청이
더욱 늘어나게 되고
아니 해봤자
안 볼 거면서!!!
의심은 되는데 확인은
귀찮냐고!!

오늘의 업무일지=업무일지 쓰기

그럼 사원은 지치고
대표는 또 태도가 맘에 안 드니
의심하고

의욕x
대표
의심

악순환이 계속된다.

악순환의 끝은 결국 직원들의
퇴사로 마무리 짓게 된다!

깨장창
으아아아아!!

대표는 모든 사원한테
다 간섭하다 보니 항상
정신이 없는데

허둥
대표
지둥

이렇다 보니 컨펌을
요청해도 피드백이 느리다.
대표
왜냐면 다른 사람도
피드백이 밀려 있음.

대표가 정신이 없으니
피드백을 받아도
이렇게
진행할까요…?
대표
대표
어어어어~
진행하세요
힐끔
혹시 모르니
메신저로 시안
보내둘게요….

다음 날 까먹고
또 물어보거나

저번에 그 시안은
왜 안 보여줘요?
대
어제 진행하시라고 해서
개발팀 넘겼는데요?

본인이 말한 건데도
아니라고 잡아떼거나
저는 진행하라고
안 했는데요!
대표
쒸익
쒸익
진행하라고
하셨거든요? 메신저로도
그렇게 말씀하셨으면서!

#대표
나(ME)
어제 말씀하신 대로 이 시안으로
진행하겠습니다.
시안_1
대
네
대
봐요!

어 내가
언제 그랬지~
대표
이렇게 기록이
중요하다니까

족치려면 기록이 필요해

그 짧은 사이에 변덕이 생겨
갑자기 다 뒤집어버리거나 한다.

근데 그 화면
처음부터 다시 기획하면
안 될까?
대표
히힛~
내가 어제
샤워하다가 더 좋은 게
생각나 가지고~

뭐 이러한 문제들로
난 대표가 싫다.

와장창

# 018

## 특이점이 온 가족

우리 집 가족 구성원은
인간 4명에 개 한 마리.

아빠
나
아들
엄마
웅이

언뜻 보면 평범해 보이는
가족이지만

까르륵
까륵
깨륵

조금 특이한 점이 있는데

그것은 다들 전공이 이과인 것.

생명공학과
화학과
생물학과
이과~
이과~

물론 나만 빼고

어 뭐지
주워 왔나?
예체능~
디자인과

평소 생활은
평범하기 그지없으나

냠
와! 집밥!
많이 먹어~
헥헥!


종종 이과적 모먼트가
나올 때가 있다.

나도
물 좀 주라!
ㅇㅇ

콸
콸
고마ㅇ…

주르륵
야야야 뭐 해;;
넘치잖아

표면-장력

**Yes 싸이언스!**

왜인지
10년째 평범하게
물을 주지 않는다.
한결같이
제정신이 아니야.
후룩!

지긋지긋!

아들은 나보다
나이가 많은
남자 형제인데
보통 그걸
오빠라고 한다
오빠라고
부르기 싫은딩
오-케

흔한 반도의 남매

한순간의
잘못된 선택을 하여
대학원생이 되어버렸다.

대학원생은
대학교에서 지위가
가장 낮아
으쯔라그

대기업

먹이사슬 꼭대기엔
교수님, 연구비 주는
기업이 있고

과사

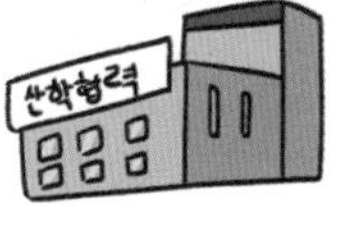
산학협력

그다음 과사무실
학교 행정팀

학부생

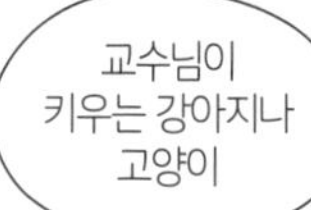
교수님이
키우는 강아지나
고양이

실험용 쥐나
토끼

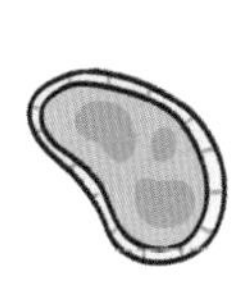

그다음
박테리아랑
효모….

그리고 대학원생이 있지….
흐물
흐물
박테리아보다 밑에 있는 거??

**전국 모든 대학원생을 응원합니다**

말하는 거 보면 머리는 좋은 것 같은데
나트륨과 체중 증가는 좀 복잡한 관계지만 사실 나트륨 그 자체로는 살이 찌지 않아.
주절
주절
나트륨을 먹으면 몸이 부어서 체중이 증가한 것처럼 보이지만 물만 많이 마시면 오줌으로 다 빠져나가게 되어 있지
즉 나트륨 좀 먹는다고 살이 엄청 찌진 않아
오케?

나한테
그 머리로 종종
사기 치려고 한다.

라면 먹고 싶으면
네가 끓여 먹어
앗 들킴
획

다이어트 하는데 수작질이여

그래도 혈육이라고
아프면 걱정을
해주는 듯했는데

오 아픔?
어… 머리가
댕댕 울린다
끄응
댕댕

머리 어디?
관자놀이 쪽?
어으으 아니
좀 더 깊은 곳이
아픈데
벌컥
헐
뇌 자체가
아픈 거 같은….

걱정은 개뿔
짜증 나게 한다.

뇌에는
통점이 없는디
벌떡
에이씨 이과 놈이
뭘 안다고!
헉!

**시적 허용이거든!!**

짜증 나게 한다.

나
네 옷 입는다
아씨 진짜

부모님은 가족 다 같이
반짝 여행을 가는 걸 좋아하신다.

딸 일어나!!
우리 가야 해!!
깜짝
휙
으?! 어디?


너무 갑작스럽게 말씀하시는 게 문제.

꼬막 먹으러
벌교 가야 해
빨리 준비해
수상~
수상~
벌교를 그렇게
수상하게 입고 가?


**약간 부부사기단**

언제 한번
거제도에 갔을 때
수국이 만개한
길을 걸었는데

와!! 수국
파란 거 봐

**파란색 조와!!!**

엄마 이것 봐!!
수국이 하늘보다 파란 게
진짜 이뻐!
오!

꽃이 파란 거 보니
여기 토양은
산성인가 보네~
흥~

감상이 남다르셨다.

갑분싸….
리빙 포인트
수국은 토양이 산성이면 푸른색
염기성이면 붉은색으로 꽃이 핀다

갑자기 분위기 싸이언스

리트머스 시험지 같구만!

부부가 천생연분이다

워터파크를
갔을 때는
하품!
래시가드
불편하구만.
땡땡땡땡!
이게 무슨
소리지?

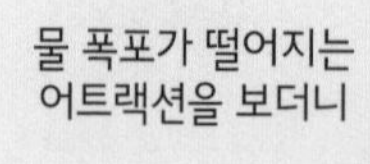
물 폭포가 떨어지는
어트랙션을 보더니

땡!
땡!
땡!
저 종에서
나는 소리구나

저기 곧 물
쏟아질 거라고 종이
울리는 건가 봐요

갑자기
어트랙션
작동 원리를
파헤치기 시작했다.

저 기구에서
자동으로 벨이 울리는
원리는? (3점)

?

슬프게도 이게 내 인생

물이 어느 정도 차면
옆에 있는 구슬이 스프링을
눌러서 벨이 울리는 거
같은데

??

혼자만 참여를 못하고 있었다.

오 그런가?
그런가 보다
그런 거
알게 뭐람…!

**학구적 분위기에 적응 못 하는 중**

그날 거기에 있던
모든 어트랙션의
과학 상식을
들었던 것 같다.
오 저건
원리가 뭐지
밑에 압력이⋯.
아하
안 끝났냐고

학생 때 반려동물로
저빌을 기른 적이 있었는데

저빌

꼬리가 길다.
햄스터보단 야생의
쥐같이 생김.

집에 데려가니
가족들 반응이 남달랐다.
아이고
웬 쥐를 데려왔어!
징그러버라!
힝
징글!
헥헥
왜
귀엽자나….

완전 우리
랩실에 있는 실험 쥐랑
똑같이 생겼다
아니거든
저빌이라는 애완용
모래쥐거든
에이 색만 다르지
완전 똑같구만

나 쥐 해부
개많이 하는데

오싹

애들은 해부하는 거 아냐!!!!
내 반려동물이라구!
오! 요즘도
쥐 해부하나
왁!
덜덜
왁!
아빠도
하셨어요?

그럼
많이 했지
갸아아악!!!!

오싹22

엄마! 엄마! 아빠랑
오빠가 내 반려쥐 앞에서
쥐 해부 이야기해!
울먹
울먹
넘 자닌해!!

나도
해부해봤는데?
끼아아아앙야아앙!!

가족 중 난 유일하게 해부를
해보지 않은 사람이었다.
쥐 징그럽다며!!!
졸업하려면
해야지 뭐
걔네 상추
줘도 되니?

이렇게나 학구적인
가족들이라니

웅아! 이 차가운
이과들 사이에 너와
나만이 따뜻한 심장을
가지고 있구나!!
우리 단둘이
사랑의 도피라도
떠날까?

참 멋진 가족이야!

퉤.

싫음

웅이는 12살로 노견이다.

견종은 말티즈.
이름은 당시 유행했던
개그 코너에서 따옴.
귀요미!

웅이는 2019년 9월

급성신부전증으로
무지개 다리를 건넜는데

갑작스럽게 떠나버려서
많이 힘들었었다.

나한테 조금만 더 기회를 주지….
아직 못 해준 게 너무 많은데….

평생 널 잊지 못할 거야!
우리 가족이 되어줘서 고마웠어!
나중에 꼭 다시 만나, 웅아.

**널 많이 사랑해!**

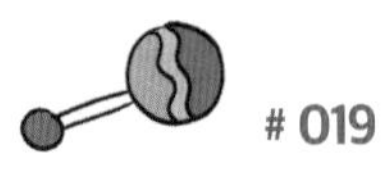

# 019

## 장점이 있다

이쯤 되면 독자 님들은
의문이 들 것이다.
아니
작가 냥반
독자
굽신!
아이고~~
사랑하는 우리 독자 님
무슨 일이십니까?

매일 회사 욕하면서
꾸역꾸역 다니고 있는 이유를.
그렇게 지금
회사가 ㅈ 같으면
그만두면 되는 거 아녀!
앗!
안 근가?

아항하
독자 님도 참~
왜 연봉도 적은 주제에
대표 뒤치다꺼리하는 물경력만
쌓고 있느냔 말이여
푸슉
걱정도
다 해주시고~

애정 어린 팩폭

그래서 이번엔
회사의 장점을
착즙하여
콸콸
히히
날 사랑하시는 게
분명해!
게을러서
이직을 안 하고 있는
나를 합리화해
보려고 한다.

사랑은 가끔 아프다

이미 이유를
말해버린 것
같기도 하고.

게을러서

히히

놀랍게도
이 회사에
장점이 몇 가지
존재하긴 하는데
안녕하세요
안녕하세요

안녕하세요
안녕하세요

첫 번째로는
아! 안녕하…

빠밤

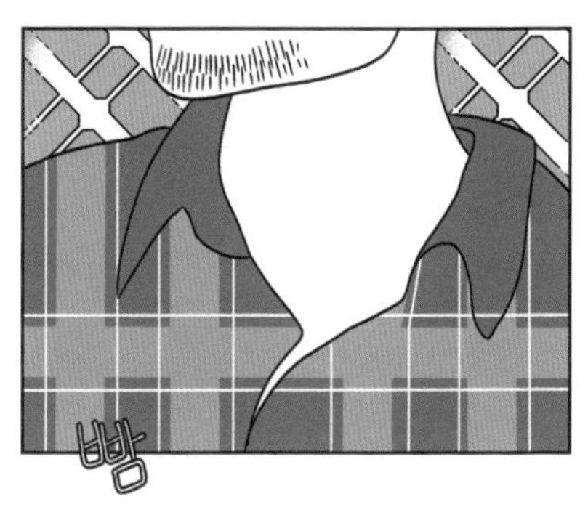
빠밤

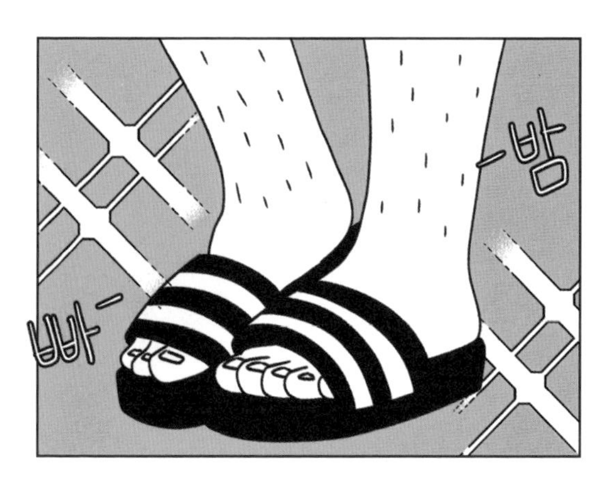
빠-
-밤

자유로운
복장이다.
너드의
성령이시여…!
좋은 아침~

**자유로움이 치사량을 넘어버렸다**

물론
노타이인 회사는
널렸지만
그래도 캐주얼한 선에서
옷을 입고 가는데

캐주얼~
캐주얼~

이 회사는 당장
피시방을 가도 될 것 같은
차림으로 출근을 해도
상관없다는 뜻이다.

후줄근~
쳌크~

**사실 사무실도 피시방처럼 보이긴 함**

난 꾸미는 것을
크게 신경 쓰지 않고
무조건 편한 걸
선호하는 타입이라

끼에이!
움칫
둠칫

제일 좋아하는 룩은 후디에 츄리닝 바지

개좋았다.

OH
GOD!

MY BEST PLACE EVER!

그리고 난 이걸 충분히 즐겼고

헐
지각이네
으 빨리
가야겠다
HOME
WEAR

**너무 즐김**

그렇다 보니 가끔 퇴근하고
약속이 있어 지인을 만나면
오해를 받곤 했다.

할로~
메뉴
HOME
WEAR
오늘
연차였어?

어디 아파?

또 잘린 거야?

*Don't
judge a book
by it's cover.
*겉모습만 보고 판단하지 마

암 커리어우먼

내가 편하게 출근하든

격식을 차리고 출근하든

격식…?

아무도 그것에 신경 쓰지 않는다.

슬이 씨 여기
이 화면이….

슬이 씨 여기
이 화면이….


**철저한 공과 사**

민낯이라고, 화장을 빡세게 했다고

오늘은 좀
아파 보이네
오늘
소개팅이라도
있으신가?


외적인 부분에 대한
평가를 전혀 하지 않는다.

대표도 일과
관련 없는 부분이면
전혀 신경 쓰지
않기 때문에

@#$%^&*!!!
꽥!
대
아~ 예예~
알겠다고요~
꽤엑!


**난리 치느라 신경 쓸 정신없음**

이런 자유롭고 편한
회사 분위기는
이 회사의
큰 장점이다.
고무줄 바지 입어야
점심 많이 먹어도
갠춘혀!
편안!

이 회사는 외부에서
일을 받아 오는
일반 에이전시와는 다르게

클라이언트 A
클라이언트 B
클라이언트 C

데드라인 지옥

대표가 샤워하다 생각난 단순한 아이디어를
실현하기 위해 만들어진 작은 스타트업이다.

쏴아
대표
쏴아
이건… 된다….


창업은 신중하게 해야 합니다…

즉, 얼빠진 대표 한 명만
우쭈쭈 하면 되기 때문에
일의 강도가 높지 않고

딸랑
깨륵!
대표
딸랑


회사생활 요약

그렇다 보니 야근은 거의 없다.

수고요!

**내가 칼퇴 하는 모습**

디자이너가 나 혼자라
일이 많을 때는
조금 빡치긴 하지만
이씨… 이걸
어케 다 하라고
투덜
투덜

**일이 많을 때=대표가 인성 부릴 때**

혼자 일을 한다는 것은 가장 편한 프로세스로
일할 수 있다는 뜻이기도 하고

레이어
그룹1
레이어 201
레이어 202
레이어 203
레이어 204
레이어 205
레이어 정리나 폴더 정리를 나만 알아볼 수 있게 해도 된다는 뜻이죠ㅋ
낄낄!

**이 디자이너는 정확히 반년 뒤**
**이 일을 후회하게 됩니다**

내 디자인이 실질적으로 좀 구려도
아무도 모른다는 뜻이다.

낄낄낄!

**스파이 수준**

그리고 디자인에 대한
일이면 내 말이 곧
법이고 진리가 되기에

슬이 씨 지금 화면
대표가 이렇게
수정하랬는데
무리일까요?

이거… 하려면
할 순 있지만 쏟는 정성에 비해
별로일 것 같은 매우 귀찮고
실속 없는 일이군

독재도 가능하다.
죄송해요.
제 능력 밖의
일입니다.
역시 좀 그렇죠?

**양아치**

그리고 무엇보다 대표가
날 어려워하고 있고
슬이 씨가 어려워…
웅엥웅….
대표
16화 대표(상) 132페이지

시키는 일을 빨리빨리 해주니까
나를 능력 있는 디자이너로
오해하고 있는 것 같다.

역시 슬이 씨
이번 디자인 체고예요!
대표
음… 네….

**약간 부담스러움**

그러다 보니 내가
퇴사할까 봐 내 편의를
봐주려고 노력하고 있다.

저 내일 연차…
대표
흔쾌!
쓰세요!

칼답

걱정!
대표
으… 몸이
안 좋아서 병원 좀
다녀올게요
아이고
너무 안 좋으면
병가 쓰세요!

아프면 바로 집에 가라 함

그래서
요약하자면…
어…
우물
쭈물

익숙해져 버려서…
그렇습니다….
이
거지 같은 곳에….

나도 이젠 이직이 힘들어

독자분들은
이러지 마시길!
난 발전할 생각이
없는 게으름뱅이야….
우울…

DAUM W☰BTOON × 더오리진

052

# 슬프게도 이게 내 인생 02

**1판 1쇄 인쇄** 2020년 7월 13일
**1판 1쇄 발행** 2020년 8월 12일

**지은이** 슬
**펴낸이** 김영곤 **펴낸곳** ㈜북이십일 더오리진
**오리진사업본부장** 신지원
**책임편집** 손유리 **웹콘텐츠팀** 이은지 홍민지 최은아
**마케팅팀** 황은혜 김경은
**디자인** 이아진, 프린웍스
**영업본부 이사** 안형태 **영업본부 본부장** 한충희
**오리진 영업팀** 김한성 이광호 **제작팀** 이영민 권경민

**출판등록** 2000년 5월 6일 제406-2003-061호 **주소** (우10881) 경기도 파주시 회동길 201(문발동)
**대표전화** 031-955-2100 **팩스** 031-955-2151 **이메일** book21@book21.co.kr

(주)북이십일 경계를 허무는 콘텐츠 리더

아르테팝 채널에서 도서 정보와 다양한 영상자료, 이벤트를 만나세요!
**페이스북** facebook.com/21artepop **트위터** twitter.com/21artepop
**인스타그램** instagram.com/21artepop **홈페이지** artepop.book21.com



ISBN 978-89-509-8837-1